KB109356

평창의　보름달

평창의 보름달

발행일	2019년 1월 16일

지은이	기 동 춘		
펴낸이	손 형 국		
펴낸곳	(주)북랩		
편집인	선일영	**편집**	오경진, 권혁신, 최승헌, 최예은, 김경무
디자인	이현수, 김민하, 한수희, 김윤주, 허지혜	**제작**	박기성, 황동현, 구성우, 정성배
마케팅	김회란, 박진관, 조하라		
출판등록	2004. 12. 1(제2012-000051호)		
주소	서울시 금천구 가산디지털 1로 168, 우림라이온스밸리 B동 B113, 114호		
홈페이지	www.book.co.kr		
전화번호	(02)2026-5777	**팩스**	(02)2026-5747
ISBN	979-11-6299-506-8 03810 (종이책)		979-11-6299-507-5 05810 (전자책)

잘못된 책은 구입한 곳에서 교환해드립니다.

이 책은 저작권법에 따라 보호받는 저작물이므로 무단 전재와 복제를 금합니다.

이 도서의 국립중앙도서관 출판예정도서목록(CIP)은 서지정보유통지원시스템 홈페이지(http://seoji.nl.go.kr)와
국가자료공동목록시스템(http://www.nl.go.kr/kolisnet)에서 이용하실 수 있습니다.
(CIP제어번호: CIP2019000482)

(주)북랩 성공출판의 파트너

북랩 홈페이지와 패밀리 사이트에서 다양한 출판 솔루션을 만나 보세요!

홈페이지 book.co.kr   •   **블로그** blog.naver.com/essaybook   •   **원고모집** book@book.co.kr

기동춘 시집

평창의 보름달

북랩 book Lab

제1부

제2부

제3부

제1부

평창의 보름달

누드의 달은
작은 생채기까지
보인다

봉평의 장날은
메밀의 속껍질을
까슬까슬한
흥부네 제비 새끼들
재잘거림이
손 마디마디를
콕콕콕 찌른다

깨끗함이란,
맑음이란
저 하늘의 차가움이
소름 끼치는
화두로
말을 한다

욕심부리지 마라
보이는 대로,
느낀 대로
행(行)하라

진실로 다감한
보름달이,
평창의 달이
나를
쳐다본다

- 2012. 9. 강원도 평창군 용평면 속사리에서

강변에서

문득 마음이 일어서서
돌이 휘날리고 바람이 쌓여있는
강변으로 나갔네

시리디시린 강물 속에서
그녀가 말없이 걸어 나왔네

얼마 만인가?

흐르는 시간 속에서
찰나에 만난 그녀

고운 얼굴빛이 햇살에
소곤소곤 반짝이네

내 그녀를 못내 찾지 않은 것은
다만 내 탓일 뿐이네

큰 키 미루나무 이파리가
서로 속삭이다 말을 건네네

누구신가요?

매듭이 지면 머무를 뿐
그 누구도 무심히 흩어지는
그대와 나

잡을 수 없네
잡을 수 없네

- 2011. 6.

귀가(歸家)

돌아온다는 것은
떠나있다는 것인데

혹, 그대는
떠나가기 위해
들어가는 것이 아닌가

그리하면
가(家)의 안과 밖이
매번 바뀌는 것인데

머무를 곳이 집이라면
우리의 마음 안에
집이 있다는 것인데

육신은 왜
모여들어 얽매이는 것일까?
서로의 마음 안에 집들은
흩어지고 있는데

그런데 왜 우리는
지친 육신을 끌고
타박타박
돌아오는 것인가

살아있음으로

살아있음으로
나는
우주를 들이쉬고
우주를 내쉰다

살아있음으로
나는
고운 그대의 두 손을
잡는다

살아있음으로
나는
해맑은 아가의 미소를
본다

살아있음으로
나는
깊은 산골짜기
이름 모를 새들의 지저귐을
듣는다

살아있음으로
나는
옹기종기 모여 앉아
따스한 저녁을
먹는다

물, 공기, 흙, 그리고
햇살로 인한 달콤한 결합

오직
살아있음으로
나는
신(神)이 된다

달은

보름달이 아니라면
달은
그림자에 가려있지

그대와 나
서로에게
얼마만큼 가려 보일까?

보이는 것만을 믿는
우리에게
보이지 않는 것이 있다는 것을

달은
한 달 내내 말없이
말을 하네

사랑가 1

폭풍처럼
이 살아있는 느낌을
그대는 아는가

순간에
섬광처럼
살아있는 언저리
그대는
어찌할 것인가

살 수도 죽을 수도 없는
그대로 하여
폭발하는
나는
오늘
어찌할 것인가

사랑하는
생명 같은
그대

사랑가 2

그대를 우연히 처음 본
그 창 흐릿한 카페

내 안에서 갑자기 마른 바람이 일고
잔비가 방울방울 내리기 시작했네

사랑은 이렇게 나에게 왔네

가랑비에 옷자락이 적시듯
야금야금
내 온몸을 적셨네

사랑가 3

우리 사랑
百 日,
千 日,
萬 日,
영원(永遠)

우리 사랑
시간이
금(金)으로
변할 때까지

처음 본 순간
운명같이
맺어진
우리 사랑

죽음 따위가
감히
멈추게 할 수 없다

세상
그 누구도
그 어느 공간도
그 어느 시간도
우리를 가를 수 없다

- 2011. 11.

옛 마을 둥근 달

하늘에
둥근 달이 떴다

빈 내 마음에도
달이 뜬다

달에 비친
네 얼굴이 떠오른다

그래
너는 어디서
이 달을 보고 있을까?

우리가 함께했던
그 옛 마을에도
둥근 달이 떠 있었지

오늘은 무척이나
보고 싶구나
만지고 싶구나

달아
둥근 달아
내 연인아

- 2012. 4.

갈대

갈대는
바람이 불면
서로의 속살을 부딪치며
노래를 한다

나그네는
가락에 젖어 눈을 감다가
먼 하늘을 쳐다보며
그리운
숨을 짓는다

추운 겨울날
갈대 지붕 밑에
옹기종기 모여 앉은
어린 새끼들

배고픔에 옹알옹알거리던
슬픔이 들린다

세월이 흘러도
잊히지 않는
여윈 황소의 커다란 눈망울이
그 눈물방울이
뚝 뚝 뚝 떨어진다

모진 세상
그래도 서로를 어루만지며
갈대는
소리를 한다

깨달음

어느 것이든
하나의 일에 집중하고
또, 집중하면

느끼게 된다
순간, 갑자기 알게 된다

하나가 모두임을
모두가 하나임을

따라가면

길을 따라가면
바람을 만난다

바람을 따라가면
시간을 만난다

시간을 따라가면
역사를 만난다

역사를 따라가면
사람을 만난다

사람을 따라가면
사랑을 만난다

사랑을 따라가면
또 무엇을 만날까?

행복일까?
진리일까?
신(神)일까?

길과 바람과 시간과 역사와 사람과 사랑

한평생 우리는
그 무엇을 끝없이 따라가는

윤회의 순례자

-2013. 8. 울란바토르에서

사막

바위가
흩어지고 흩어지면
모래가 된다

사람이
흩어지고 흩어지면
고독이 된다

사막은
고독과 고독이
모여 있는 곳

셀 수 없는 고독이
매일 밤
폭포처럼 쏟아지는 별빛과
눈을 맞추는 곳

이렇게
땅의 고독과 하늘의 고독이
만나다

- 2013. 8. 고비사막에서

삶

당신에게
살아간다는 것이
산다는 것이
그렇게도
가슴 저미는 아픔이더냐

시간이 지나고 나면
멀리서 찬찬히 들여다보면

우리가 이렇게
살아간다는 것은
산다는 것은
온 우주와도 바꿀 수 없는
오직 생명에게만 주어진
축복이다

지금 주어진 삶의 길이
각각 다를지라도

세파를 헤치며 나가는 일이
어렵고 힘들지라도

고비를 넘어 젖과 꿀이 넘치는
가나안에 이르렀을지라도

그 무게는
그 시작과 끝은
모두 같다

- 2015. 6.

오키나와

나무들은 작고 앙상하다
밑동은 두껍고 강하다
땅은 척박하다
태풍을 해마다
한가운데서 맞이하는 이들
류큐 왕국은 갔지만
그 순박함만 남아
강하고 강한 이들만
남아있구나

- 2017. 2.

날고 싶은가

날고 싶은가 그러려면 가벼워져라 가벼워지려면 버리고
버려라 다 버리고 나면 그리하여 겉과 속의 존재가 하나
가 되면 누구나 어느 곳으로든 그 어느 시간으로든 훌
훌 날 수 있다

만남

당신과 내가
오늘 여기서
이렇게
만나는 일이

내 속의 내가
당신 속의 당신이
진정
만나고 있는 것일까?

- 2017. 5.

빛과 사랑

빛을 나누면 색이 된다
빨, 주, 노, 초, 파, 남, 보

사랑을 나누면 무엇이 될까?
차오름, 기쁨, 따뜻함, 눈물, 기다림, 안타까움, 슬픔

빛이 사라지면 어둠이 된다

사랑이 사라지면 무엇이 될까?
지옥?
죽음?

- 2017. 5.

그네

놓아버리지 않는다면
결국은 돌아온다

삶이란
정해진 끈 혹은 사슬
그 흔들림에
위에서 아래로
앞에서 뒤로
움직이고 움직이는 것

사랑하는 그대여

지금을 꽉 잡고
온몸으로 굴려라
하늘에서 땅으로
천당에서 지옥으로

사랑하는 그대여

고래심줄 같은 우리의 사랑은
놓아버리지 않는다면
결국은 결국은
돌아온다 돌아온다

사랑이란

사랑이란
지극히 간단하다

마음과 마음으로
몸짓과 몸짓으로
언어와 언어로

서로가 바라는 것을
지극히 간단하게
그 무언가를 하는 거야

머리 굴려 생각하지 말고

이 바보야!

- 2017. 6.

인공지능

그래
나누고 또 나누면
0과 1이야

0과 1이
엉키고 또 엉키어
존재가 되지
인공지능도 되지

끊어짐과 이어짐
있음과 없음
흑과 백

존재란?

그래
모두는
시작(0)과 끝(1)이

전부야

꽃으로 피는 당신

저렇게 아름다운 꽃은 왜 피는가
나는 그저 우연히 바라만 보고 있는데

하나둘 피었다가 여럿이 하나 되어
색들을 변해가며 송이로 뭉쳐 피는 수국

화무십일홍(花無十日紅)이라지만
백일을 넘게 피는 백일홍

7월의 소나기에 싱싱한 욕정을 드러내고
뚝 뚝 뚝 입술에 생기가 맺힌 붉은 장미 한 송이

사람의 화단에도 저마다의 꽃들이 피고
들과 산 햇빛이 닿는 그 어디에서도
이름을 알 수 없는 수많은 꽃들이 핀다

오늘 나는 꽃길을 걸으며 시간을 걸으며
또 우연히 꽃으로 피어난 당신을 만나다

그런데 왜 당신은 꽃으로 피어나는가
나는 그저 당신을 바라만 보고 있는데

끈

시간을 따라
서로가 엉키고
시간을 따라
서로가 풀리는 것

엉키고 싶으니까
엉키는 것이고
풀리고 싶으니까
풀리는 것이다

그대여
끈을 잡고
울지 마라
욕심내지 마라
집착하지 마라

서로가
원하는 만큼만
행하는 만큼만
엉키고
풀리는 것

시간은
그 흔적을
기록할 뿐이다

따라 하자

무조건
무식하게
한 치의 어김 없이

따라 하자

주어와 술어가
구분이 안 될 때까지

그러다가
지치면
곰삭으면

변한다
다르게

이것이
창조다

다르다

땅에서 보는 것과
하늘에서 보는 것은

다르다

올려다보는 것과
내려다보는 것은

다르다

당신인 것과
나인 것은

다르다

뿌리인 것과
줄기인 것과
잎사귀인 것이

어찌 같은가

그런데 왜

같다고 하지
하나라고 하지

신(神)

신이 사람을 만들었다고 한다
사람이 신을 만들었다고 한다

그렇다면
신이 없으면 사람도 없겠지
사람이 없으면 신도 없겠지

신은 사람에게 무엇을 주고 무엇을 받을까
사람은 신에게 무엇을 주고 무엇을 받을까

신이 사람을 지배하는 것일까
사람이 신을 지배하는 것일까

신은 누구인가

있는가
없는가

미래

미래는
신(神)의 것이 아니다

미래는
당신의 것이다

미래는
당신이 꿈꾸는 것이다

미래는
그 꿈을 이루고자 계획하는 것이다

미래는
그 계획을 실행하는 것이다

미래는
신의 것도
그 누구의 것도
아니다

미래는
사람이 꿈꾸고
그 꿈을 이루고자 계획하고
그 계획을 실행하는 것이다

미래는
그 사람의 것이다

살아있다는 것은

살아있다는 것은
죽지 않았다는 것은
움직이는 것이다

움직인다는 것은
그 어딘가를 향해
가는 것이다

움직이는 것에는
목적이 있다

길고 긴 우주의 시간 속 찰나에
생명은 엉키고 엉켜서
움직임 속에 움직임으로
그 어딘가로 가는 것인데

살아있는 그대여

우리는 이렇게 만나
엉키고 또 엉켜서
함께 생명을 이루고
그 어디로 가는가
그 목적은 무엇인가

사랑인가
집착인가

헤어짐

나무들이 제 잎사귀를 떨굴 때
눈물이 나거든
비어있는 하늘을 잠시 쳐다보아라

하늘에 올라
나무들을 내려다보아라

잎사귀들은 떠나는 것이 아니라
근방에서
흙으로 돌아가는 것이다

흐벅지게 쌓인 낙엽들은
긴 겨울 시간을 보듬어 썩고 또 썩어
또 봄이 되면 줄기를 타고
새 잎사귀로 돌아오는 것이다

너와 내가 잠시 떨어져 있다 해도
우리는 시공(時空) 속으로 들어가
또 만나게 되는 것이다

헤어진다는 것이
눈물 나는 일이라면
눈을 들어 잠시 하늘을 쳐다보아라

너와 내가 다시 만나기 위해
때에 이르러 흩어지는 것일 뿐

그대여 눈물을 거두어라

내일

모든 내일은 내일만큼의 거리에 있다

기쁨과 슬픔이 사는 곳은 내일이 아니다

가도 가도 이르지 못하는 내일에 묶인 그대여

시방 그대와 나 배반하는 짐승이어야 한다

시방 피가 터지도록 악착같이 온몸을 섞어야 한다

시방을 위해 가진 모두를 다 퍼부어야 한다

모든 내일은 내일만큼의 거리에 있을 뿐이다

나의 주인

나는 그저 있을 뿐
나는 그저 풍경일 뿐

내 마음의 주인은

흐르고 흐르는 것이다
변하고 변하는 것이다

뿌리에서 줄기로
줄기에서 잎들로
잎에서 꽃으로
꽃에서 열매로

나를 흔드는 것은
나를 만드는 것은

지나가는 바람이다
따사로운 햇살이다

순간 비수처럼 와 박힌
당신의 눈빛이다

- 2018. 1.

생각

마음이 차가우면
생각은 썩지 못한다

마음이 따뜻해져
무르익게 되면
엉키고 설킨 생각들은
썩고 또 썩어
또 다른 무엇이 되지

생각이 마음으로 가는 길은
반드시 발효하기 좋은
온도와 시간이 필요하지

그리하면
복잡한 것이
지극히 단순해지는
순수가 되지

술이 되지

- 2018. 2.

싸움

세상에서 제일 쉬운 싸움은
자신과의 싸움이다
상대가 자신뿐이니까

세상에서 제일 어려운 싸움도
자신과의 싸움이다
자신을 이기지 못하면
누구에게도 이길 수 없으니까

그 어떤 싸움도
최후는 자신과의 싸움이다

자신과의 대결이 끝났을 때
비로소
싸움도 끝이 나니까

- 2018. 2.

내리사랑

오르고 오르는 것은
사랑이 아니다

사랑은
내리고 내리는 것이다

때로 폭포가 되어
산산이 부서져 흩어지듯

겨우내 묵은 얼음이
봄기운에
흔적 없이 녹아내리듯

욕심이 나눔으로 내려오듯
기쁨이 슬픔에게 다가오듯

대학병원 소아병실에서
어렵게 잠든 아가를 바라보는
앳된 부부의 처연한 모습에서

머리에서 가슴으로
가슴에서 눈물로
사랑은
내리고 내리는 것이다

- 2018. 3.

동곽선생과 이솝

한 농부가 있었다. 이 농부는 추위에 꽁꽁 얼어붙은 독사를 가엾게 여겨 가슴에 품고 따뜻하게 녹여주었다가 오히려 독사에 물려 죽었다.

북풍과 태양이 길손의 옷 벗기기 내기를 했다. 북풍이 강하게 불수록 길손은 더욱 단단히 옷을 여미었으나 태양이 조금씩 더 따뜻하게 내리쬐자 길손은 스스로 옷을 벗었다.

이북의 지도자 3대는 햇볕 정책 이남 정부의 자금지원을 받아 2백만 백성을 굶겨 죽인 고난의 행군 시절을 탈출하고 핵무기와 이를 운반할 수 있는 미사일을 결국 완성했다고 한다.

그 핵과 미사일의 공격 목표가 어디일까? 미국일까? 일본일까? 한국일까? 아니면 유일사상 지도자의 생존을 위한 흥정의 도구일까? 너무너무 의문이 들었다.

친애하는 남북동포 여러분.

- 2018. 4.

그대와 나

나는 그저
그대를
바라만 보고 있는데

그대는
말이 없고

그대 그림자가
슬며시
가벼운 흔들림으로
그림 같은 소리로
말을 건네네

오랜만이네요

이를 지켜보던
바람이
머뭇머뭇거리다가
땀이 배어나는 내 손끝을
조용히 씻고
지나가네

- 2018. 5.

어느 봄날에

색(色)이 모이면
빛이 되고

빛을 모으면
불이 되고

불이 모이면
그곳에는
재가 남는다

재가 되면
다시 시작되고

어느 봄날에
새로운
색(色)이 된다

- 2018. 5.

마음으로 보면

기쁨으로 보면 기쁨이 보이고

슬픔으로 보면 슬픔이 보이고

분노로 보면 분노가 보이고

질투로 보면 질투가 보이고

개똥으로 보면 개똥이 보이고

풍경으로 보면 풍경이 보이고

빛으로 보면 빛이 보이고

눈물로 보면 눈물이 보이고

사랑으로 보면 사랑이 보이고

마음으로 보면 마음이 보인다

- 2018. 5.

꽃

꽃은 핀다 사랑하기 위하여

그리하여 열매 맺게 되나니!

- 2018. 5.

묻고 또 묻기

나는 무엇이며
당신은 무엇인가

이 밤을 하얗게 새우며
묻고 또 물었다

나는 누구인가
당신은 누구인가

오늘 왜 나는 이렇게
당신에게 다가가는 것인가

오늘 왜 당신은 이렇게
나에게 다가오는 것인가

우리는 예정된 만남인가
우리는 우연히 만나는 것인가

- 2018. 6.

절대적 존재(存在)

나는 내가 옳다고 하고
당신은 당신이 옳다고 하고

어쩌란 말인가

나는 나이고
당신은 당신인 것을

천지간(間)에 그 누구에게나
절대적인 판단은 없다

옳고 그름이란
그저 스쳐 지나가는 한순간
헛것일 뿐이다

너는 너
나는 나

절대적 존재(存在)가
전부다

- 2018. 6.

함께 춤을 추었네

당신의 들숨과 날숨이 느껴지던
그 날 그 순간
내 몸속 어딘가로
당신이 숨어들었지

내 들숨과 날숨에 묻어
그 날 그 순간
당신 몸속 어딘가로
내가 숨어들었지

그렇게 하나 된 우리는
멀리 있어도 언제나
참으로 함께했었네

오늘 문득
내 몸속에 당신이
어여쁘신 천사로 나타나서
환상의 스테이지

감미로운 음악이 흐르고
함께 춤을 추었네

내 젊은 날 아름다움
한여름 밤 어느 날에
꿈을 꾸었네

함께 춤을 추었네

- 2018. 7.

주고받기

좋은 것을 먼저 주면
더 좋은 것을 받게 되지

고통을 먼저 주면
언젠가는 더 큰 고통을 받게 되지

누군가에게 무언가를 먼저 주면
나중에 반드시 돌려 받게 되지

되돌려 받는 것에 대한
신(神)이 만든 법칙은
언제나 곱하기를 하지

열 배가 되기도 하고
백 배가 넘기도 하지

- 2018. 7.

사랑한다는 것은

서로를 사랑한다는 것은
서로를 알아주고 이해해주는 것

누구를 안다는 것은
이해한다는 것은
그에 대한 생각의 폭과 깊이가
그를 훨씬 넘어
완벽하게 포함하고 있는 때만
오롯이 가능한 것

나를 알아주는 이가 있다면
나를 이해해주는 이가 있다면
그래서
그의 일부가 될 수 있다면
나는 언제든
그를 위해 죽을 수 있다

우리가 서로를 사랑한다는 것은
서로를 알아주고 이해해주는 것
그래서
서로를 위해 죽을 수도 있는 것

- 2018. 8.

멈추어 서서

삶을 내려놓으려 했을 때
비로소
명료하게
삶의 길이 보인다

욕심을 내려놓아야만
비로소
올곧게
행(行)할 수 있다

욕망에 매여
천방지축(天方地軸)
좌충우돌(左衝右突)
오늘을 사는 그대여

가만 멈추어 서서
당신 가슴 속 깊은 곳에서
울려 나오는 가녀린 울음을
들어보소서

눈을 감아 호흡을 가다듬고
고요 속에서
혼자가 혼자에게 말을 거는
생명의 대화에
진심으로
귀 기울이소서

- 2018. 8.

탱고

슬픈 춤이다

고달픔이 녹아
한잔 술에 오른 취기인가

반드시 살아내고자 하는
욕망의 몸짓인가

수만 리 길 타향에서
짙은 화장으로 세월을 감추고
거친 숨과
전신에 땀이 흥건히 젖도록
온 힘을 다해
간절한 눈빛으로
무엇을 말하고자 하는가

두고 온 가족
두고 온 친구
두고 온 산천
고향 하늘이 그리운 것인가

슬픈 춤이다
- 2018. 11.

생명

빛을 죽이면
어둠이 되지만

빛을 산 채로
나누면
색이 된다

살아있는 것을
살아있는 채로
변하게 하면
세세년년(歲歲年年)
살게 된다

지금
죽는 것은
포기하는 것은
생명의 길이
아니다

생명은
오직
살기 위해
좀 더 잘 살기 위해

나누고
합하고

변하고
변하는 것이다

- 2018. 11.

나이 들수록

덜어내는 것이다

밥도
말도
생각도

욕심도

더하는 것이
아니다

나이 들수록
우리는
덜어내야 한다

- 2018.12.

제2부

신의 따사로움으로

- 결혼하는 친구에게

여기 이렇게
이웃, 친지, 다정한 벗
낳아주시고 길러주신 부모님의 끝없는 사랑의 눈길이
성스러운 의식의 구석구석마다
더러 여린 마음으로, 복된 마음으로
그대 두 사람
축하의 잔에 철철 넘치옵니다

옷깃을 스치는 인연도 고귀한 법인데
천생(天生)의 인연.
이제 기쁨과 슬픔으로 생활을 엮어야 할
신은 당신들께
가장 굵고 용기로운 청실과
가장 지혜롭고 아름다운 홍실로
처음 매듭을 틀어주시는 큰 은혜를 허락하셨구나

인간사(人間史) 마디마디가 그러하듯이
이처럼 좋은 날 뒤돌아보는
인고의 세월로 당신을 지키신 엄마, 아빠
잊지 말아라.
온몸 매듭마다 맺힌 두 분의 사랑을

오늘처럼 기쁜 날
신은 또 당신들께
생활의 안과 밖도 함께 내리셨다

사랑은 그저 아늑한 행복의 밀어가 아니라
고통스러운 인내의 통로를 거쳐야 하는
믿음과 이해의 바탕에서만 자라는
생명의 화초,
그 꽃이 내뿜는 향기입니다

때론 바람이 불고
때론 비탈에 서고
기쁨을 뒤엎는 슬픔이
굽이를 도는 여울에서 당신을 지킬지라도

그대 두 사람,
그러나 신의 따사로움은 언제나
그 어려움을 넘길 때마다
그리하여 아름다운 평온을 얻을 때마다
아침이슬에 빛나는 눈부신 햇발처럼
영원할 것입니다

여기 이렇게
가장 복된 이와 복된 이의 만남을
경건함으로 머리 숙여 감사드리고
천 년을 가도 변하지 않을
사랑의 보석을
가슴 가득 기쁨으로 바라봅니다

세월의 어느 길목에 설지라도
모두 함께 지켜볼 것입니다

- 1984. 11.

아끼는 말을 꺼내어

아끼는 말을 꺼내어
밤을 새우며 닦아낸 얼굴로
환히 들여다보는
서로에게 서로를 털어내는
부끄러움

이 정밀하게 얼어붙은 얼음장 밑으로도
강물은
한 뼘씩 한 뼘씩 자리를 넓힌다

손금을 따라 흘러
마디마디에 새기는
선홍(鮮紅)의 자국은
더욱 깊다

굽이치는 어느 모퉁이에서도
흐르는 것에 당당히
별들이 스스럼없이 몸을 맡기는
누런 삼베를 씻고 또 씻어 단장한 아침에는
가장 사랑하는 말을
텃밭에 심는다

봄비

이렇게 하여 새로운 윤회가 시작되는가
죽은 자들은 메마름으로 부석부석 갈라져 내려앉아
한동안 조용했던 대지
그 깊숙한 곳에서 은밀히 내통하던 생명이
온기가 넉넉해진 시간 위로 풀려 나와 두런거린다
인고(忍苦)의 세월은 통로일 뿐 미덕이 아니다
전신을 도는 생(生)피가 옷깃을 흐벅지게 젖는 줄도 모
르고
여기저기서 반가운 이웃을 맞는다
가만히 들여다보면 생명이 자리를 트는 근방에는
수채물감이 얇게 번지듯
한 생애에 침잠해있던 고통은 거름으로 분해된다
어디에서 왔을까
소리 없이 다가와서 손가락 깨물어 피를 내는 비
귓불에 훈김을 불어넣고
은실의 속살을 드러내는 방울방울
가만가만 불러내는 눈물 어린 소리소리
가로등의 숨결이 거칠도록
가까이에서 성급히 피어난 목련 꽃이
욕정 번득이는 입술이어도 좋다
그녀의 좁은 어깨 위로도 주저 말고
보드라운 내 손을 내려라

꿈을 꾸었던 자만이 꿈을 알고
꿈을 갖는 자만이 꿈을 이루는 법이다
죽은 자들의 흔적은 사라지고
살아 숨 쉬는 열정만 가득하다
촉촉이 젖어오는 생기에 취해
꿀물 흐르는 잠에 몸을 섞는다
이제 놀이를 시작하는 아이의 눈빛은 빛나다

해 질 무렵

저 하늘 저 노을 아름아름
저 산 저 들판 자락자락
저 나무 저 풀잎 마디마디

바람과 빛을 매만지다
지는 해를 바라며

코끝에 묻어나는 회한(悔恨)

감기

오후 나절, 억지로 자리를 지키다 퇴근하다
그리고 약 한 봉지에 두 시간의 잠
아직 코에는 더운 기운이 가시지 않았어도
상쾌하다
비제를 올려놓고 옛 편지를 오밀조밀 뒤지다
접어 있었던 것들이 하나하나 일어난다
지나간 시간 멀리 있는 친구들
생생(生生)하다
빙긋이 웃음이 번지며
조금씩 더 너그러워지고 아름다워진다
무엇일까
저마다의 욕심에 아등바등거리던 우리가
힘진 나사가 몇 개 풀림에
쉬이 신 앞에 기복(祈福)하며
다급해 아쉬워하는
이것뿐일까
찬찬히 들여다본다
내 기억 위에 피어난 꽃들
더러는 망울지고 더러는 사그라지고 더러는 싹을 틔우는
그 무엇과도 바꿀 수 없는
겹겹이 층을 이루어 생명을 담은 양파
나는 사랑한다

이 매운 눈물을
이 가벼운 흔들림을
나와 이웃 사물들의 내밀한 교신을
영육에 배어든 애증
혹 순간 갑자기 모두가 돌아누워도
지금,
살아 싱싱하게 팔딱 뛰는 심장
열심히 들이쉬고 내쉬는 허파
이것만으로도 나는 행복하다
다정한 감기에게 박수를 보낸다
종일 보듬고 뒹굴었던 두통에게
홀로 커피를 마시며 바라보는
작고 여린 껍질 속의 눈물 한 방울
천연스럽게 다가오는 콧물에게

사랑가

보는 것이 곧 가슴 물 면에 깊게 투영될 때
보는 것이 곧 눈물일 때
보는 것이 곧 움직임일 때
보는 것이 곧 갈증일 때
보는 것이 곧 불꽃일 때
보는 것이 곧 배고픔일 때
보는 것이 곧 힘일 때
보는 것이 곧 상처일 때
보는 것이 곧 바람일 때
보는 것이 곧 입김일 때
보는 것이 곧 욕망일 때
보는 것이 곧 견고한 존재일 때

비로소 길이 열리고
서투른 사랑가도 서로서로 어깨를 엮어서
공간 가득 울려 퍼지나니

돌

행동하며 차가울 줄 알고 슬퍼하며 제 몸에 스스로 꽃
도 피운다
말한다 사람들이 읽을 수도 들을 수도 기억할 수도 없는
사는 이와 사는 이의 가슴에 불덩이가 얽힐지라도 침묵
할 줄 안다
죽음, 그 뒤에 언제나 지키고 서 있다
머무르는 곳 어디든지 강에서도 사람 속에서도 뿌리를
박으며 살아
살아서 뜨거운 날이면 산을 내려와 다시 뼛속에서
강물과 내가 흐르는 하늘에는 한 마리 돌 새가 날고
있다

미인(美人)

미인은 가까이 오지 않는다
홀로 곱게 서서
지상에서 가장 아름다운 눈으로
사물의 내부를 들여다본다
보이는 것이 어찌 전부랴
욕망이 지워놓은 멍에일 뿐
속살의 향기를 드러내지 못한다
미인은
더도 덜도 아닌 인간사(人間史)
몸을 던져 피어나는
밤을 흐르는 유성
어느 시간 어느 곳 누구에게서나
가슴 조이는
눈부신 꽃의 열림이다

사랑가

대보름 달덩이 같은 그대가
내 곁에 있음을 모르고
당신의 따뜻한 미소가 꿈꾸고 있음을 모르고
홀로 차게 닫힌 문에 기대어
문 너머의 잿빛 허무에 사랑가를 부르고
익지 않은 낮술에 취해
빈 들판을 여기저기 기웃거렸다

사랑이 무엇인가
그대 속에 내가 있을 때
내 속에 그대가 움직일 수 없는 큰 산으로 자리해 있을 때
말이 없어도
우리는 사랑이다
알짜배기 사랑이다

오늘에야 비로소 당신이 내 전부임을
나의 어설픈 방황의 끝에서
참으로 다정한 당신
그대의 환한 얼굴에 나도 따라 웃는다

강

새벽안개를 헤집고
눈부시게 빛을 뿌리며
허공을 열어 꽃으로 물새가 피어오르면
은빛 옷자락 번뜩이던 속살 부끄러운 은어들
강심 깊숙이 몸을 감춘다
아침을 말아 거두며
어구를 아름드리 실은 고깃배가
물면 가득 미끄러져 온다
해는 떠올라
그물을 걷는 어부
그물 사이를 유유히 빠져나가는 강물
바람은 강 언저리 미루나무에게 다정하다
어부 아낙의 무심한 눈길에
강이 잡혔다
햇살이 물 면에 풍성히 부서질 때
아이들이 모여들어 자맥질을 시작한다

눈물

당신이 보고 싶은 날이면
더욱 할 말이 없다

창마다 스러지는 저녁 빛이
가볍게 번지던 미소도 이내 지다

끝내는 너는 너, 나는 나인 것을

왜 이토록 머뭇머뭇거리느냐
가슴끼리 흐르는 진한 뜨거움이 새로 일어
환하게 타오를 것들을 꿈꾸는 일
밤으로 가는 길목에서 바라느니
모두가 모두가 그림자일 뿐

허공을 여러 번 만져보면
당신의 흔적은 여기저기서
아아 이것이 당신인가
한 줄기 가슴앓이 눈물눈물

공동산

생각이 아파서 종일 천장만 어루만지다. 점점 밝아오는 어둠. 야행성 감각이 기운을 차린다. 고샅을 빠져나와 사자(死者)의 마을, 공동산으로 가다. 희멀건 뼈들이 부스스부스스 일어난다. 악수를 나누다. 친절하다. 생자(生者)의 귀환. 관(棺)으로 들다. 참 따뜻한 집이다. 바람이 없구나. 바람을 끌어들일 생각은 없다. 지금, 편하다. 별을 본다. 손바닥으로 지는 별. 입술에 닿는 별. 배꼽을 어르는 별. 어둠이 잔을 따른다. 향긋한 술 냄새. 풀 냄새. 담배 연기를 한 올 잡아 술에 적신다. 밤을 흐르는 별. 원래 잔을 나누면 가까워지는 법이다. 취해 머리를 기댄다. 사랑스러운 눈물. 사랑스러운 슬픔. 무엇이냐? 이렇게 선 나는 무엇이고 흔적뿐인 너는 무엇이냐? 혼아! 그저 떠도는 소문이 사그라졌을 뿐이지. 혼아! 그저 우리는 엄청난 하늘 아래 떠도는 허허로움뿐이지. 무엇이랴. 무엇이랴. 우리가 움켜잡고 몸부림치는 것들은 손바닥에 남은 흙 부스러기. 눈을 들어 뒤돌아본다. 굽이를 도는 굽이마다 안개로다. 귀로가 안개로다. 어둠과 별과 잡풀과 무덤과 그리고 상관없이 몸을 비비는 바람. 취기가 오른다. 가야지. 흔들리지 않는 저 시간의 무덤 속으로. 가야지 흔들리며 흔들리며 가야지. 혼자 웃는 웃음이 다정하다. 공동산. 너는 단순한 배경일 뿐. 오래전에 꽃이 하나 피었고 오래전에 꽃이 하나 졌다.

까마귀

지평 너머에서
붉은 서녘 노을을 가르며 온
고귀한 영혼을 부르는 노래

더는 울지 않고
더는 웃지 않은
우리의 사랑이
운명처럼
네 눈에 맺혀있다

서방 삼거리 사곡(死哭)

흩어지는 그림자
미분된 선이 공중에 가득하여
보인다
두 개 세 개로 겹쳐지는 얼굴에는
진한 육신의 향기가 배어나서
두려운 눈물방울 어린다.
보이나니 어머니 손길이 내린 땅
툇마루에 널어놓은 탱탱한 여름 고추가
마른 번개에 맞아
빠개져 신작로에 누워서
무엇을 생각하는가
서방(西方) 삼거리
찰나에 명멸하는 서글픈 노예여
오늘 아침 빨랫줄에 걸려있는 새끼들의
그 빛나는 금단추를 보았는가
누구를 탓하랴
목을 으깨는 우연이여
허공으로 사라지는 한 방울 연기여

오천국(吳天國) 1

양파껍질을 벗겼다
한 가닥 뒤에 또
한 가닥이 숨어 있어
눈물 글썽이며 열심히
펼쳐 보이는 네 빈손
매운 눈에 흘리는 눈물이
눈물이

– 1983.

오천국(吳天國) 2

- 보지 않으면 잊히는 법(法)이다 -

바람이었다
그중(中) 돌개바람
우연히 다가와서
저 스스로 위험수위를 맴돌다가
홀로 타오르다
슬그머니 지평 너머로 떠났다

- 1983.

오천국(吳天國) 3

만나는 일이 이처럼 피를 말리는 일이라면 손목 발목 잘리고라도 만나고 볼 일이다라고 지껄인 잔인한 놈 찾아가 작신 두들겨 패주어야 가슴응어리 한구석이라도 녹아내릴까. 아니면 얼음 깔린 겨울 들판을 미친 듯이 소리치며 울음 울고 내달려 땅끝 심연 속으로 뛰어들어야 피 응어리가 풀릴까.

천국! 억울한 놈이 너뿐일까? 천지신명. 밤마다 무수한 유성들이 제 몸을 태워 스러져 간다. 아아! 스스로 태워야 할 몸조차 신은 허락하지 않았으니. 개자식!! 사슬에 채워 개집에서 본 하늘은 뚫려 비 뿌렸다. 네 모양과 내 모양을 서로 마주 보며 낄낄 웃었지. 그러다가 추운 기가 들었지. 우리는 옹송그리며 쭈그리고 앉아 서로의 몸을 비비며 슬금슬금 이야기를 시작했지. 개 사발에 막걸리를 벌꺽벌꺽 들이켜며 본론에 들어갔다. 결국 우리가 본 것은 거짓과 오만과 탐욕과 편견과 위선과 비굴이었어. 빌빌 몸이나 꼬며 빌붙어 사는 날파리들이 얼마나 많더냐! 국사책 몇 페이지나 맑게 개어 하늘 높고 찬란했던가? 가슴이 확 풀리도록 시원했던 사실이, 참말이지 없었어. 온통 음모와 아귀다툼. 저 썩어 문드러진 놈들을 확 한꺼번에 쓸어 버렸으면 얼마나 좋겠냐. 그래야 인내천 보국안민 후천개벽이 올 것이야. 입은 소리쳐도 허공 중에 그저 흩어질 뿐이고 몸은 말을 안 들어서 우리는 만욱이와 성빈이가 마시고 자빠진 농약 냄새도 더불어 마셨지. 그게 뭐 별거더냐. 밥 잘 먹고 똥 잘 싸면 될 것이지. 또 뭐냐. 그러다가 수틀리면 안 먹고 안 싸면 될 것 아니냐 실실 우리는 취해 다 집어치우고 잠이나 자자. 그랬지. 허나 허나 술을 마시면 마실수록 우리의 의식은 되살아났다. 더욱 기가 살아났다. 억울하게 당하기만 하는 어질고 착한 벙어리들. 우리 식구가 불쌍했다. 목구멍이 포도청이라 거미줄은 칠 수 없어 그래도 살아야 한다며 감지덕지 손발 비비며 하루하루 가슴을 잃고 허우적거리는 아비가 불쌍했다. 한때는 이게 별거냐. 지나고 나면 그뿐 역사책이야 안 보면 그뿐. 에미, 에비도 안 보면 그뿐. 모든 것이 귀찮아서 아티반 50알을 모았지. 허나 허나 속에서는 불이 나고. 아아. 우리는 싸운다. 거짓과 어둠과 오만과 탐욕과 편견과 모순덩어리 권력과. 저것들과 싸운다. 뜨거운 심장으로 서로를 데워서 펄펄 끓는 용광로가 되어 저것들을 다 녹인다. 아아. 우리는 싸운다. 싸운다.

너는 늘 한걸음 앞에서 어둠도 빛도 세상은 다 필요하다며 화를 참는 법도 이야기했지. 순간에 명멸하는 육신의 어쩔 수 없는 허허로움을 보고 말했지. 공간 넘치도록 사랑하겠노라고. 빛도 어둠도 사슬도 다 가슴에 담겠노라고. 질퍽한 황토가 구두창 밑에 야금야금 달라붙어 제 구두를 벗기는 줄도 모르고. 그리하여 적들이 그렇게 너를 덮쳤구나. 신을 보아버린 너를, 신이 너를 불렀구나.

사기다. 네 신음에는 더러운 어둠의 음모가 묻어있다. 밤의 음모에 대항하는 천하대장군 지하여장군 밤마다 우는 칼을 뽑아라. 소리 없이 다가와서 네 누이를 업어 간 되놈, 왜놈, 코쟁이 심장을 찔러라. 사기꾼, 모리배, 손 큰 도적놈들의 눈깔이고 배꼽이고 과감히 쳐라. 소리쳐라. 소리쳐. 내 소리가 듣고 싶다. 심장이 찢어져 울리는 네 노랫소리가 듣고 싶다. 날마다 죄 없이 이리 밟히고 저리 밟히다 억울하게 죽어가는 식구(食口)를 살려야 한다. 너와 내가 폭발함으로.

언제가 내게 말했지. 꿈꾸는 5월 사랑을 노래하는 가객(歌客)이 되겠노라고. 너는 언제나 여유롭게 웃었지. 아아. 네 사랑. 네 죽음. 너는 모든 것을 담고 있었다. 꺼지지 않는 투혼과 희망과 꿈과 사랑을. 허나 허나 너는 모두를 남기고 너는 갔다.

마치 상흔은 눈 부릅뜨고 남아 있듯이 네가 사랑했던 네가 싸웠던 모든 흔적은 살아있다. 쑥쑥 자라고 있다. 때가 되면 새로운 세상이 열리고 잡풀에 가린 작고 여린 우리의 순수도 되살아날 것이다. 우리의 순수는 반드시 부활한다. 지금은 비록 억눌려있을지라도 계절의 여왕 5월은 해마다 오고 다투어 사랑을 노래하는 그런 우리의 꿈은 온다. 천국아!

신에 끌려 무심히 먼저 간 천국아!

- 1983.

오천국(吳天國) 4

눈에는 언제나
사물 가까이 가 찰랑대는
때론 광기 묻은 파도

높이 나는 갈매기 한 놈이
타락한 눈깔을 번뜩일 때마다
무섭게 날아와서
날카로운 부리로 찍었다

- 1983.

석정리 사모곡(石亭里 思母曲)

여기서 나는 무엇을 해야 하는가
뼛속 깊숙이 스미는 투명한 한기
접시 위에 올려놓은 담배는 스스로 꺼져서
둘러앉은 책들은 3년 전을 말하고
다시 말이 없다.
향로봉 산허리를 관보의 설움에 피멍울 맺혀 돌아오다가
밤안개가 흐벅지게 쌓인 모퉁이 풀 섶에서
잡풀에 가린 하얀 바탕의 연보라 빛 들국화
누구인가 당신은 누구인가
무엇인가 나는 무엇인가
높은 산 큰 바람이 땀 홍건한 등짝을 어르며 지나갈 때
동구의 늙은 정자나무 가슴에 박힌 돌을 보았다.
한 길이 넘는 갈대가 이승과 저승을 넘나들며
육언(肉言)으로 묻고 답하는 함성을 들었다
어머니! 당신은 무엇을 바라보셨습니까
왜놈에게 잡혀가는 모진 고문당하신 당신의 아버지
뒤뜰 툇마루에 울음 우는 당신 어머니의 허탈한 모습이
무서웠나요 가슴에 못을 박았나요
뼈대만을 고집하는 모질고 피맺힌 시집살이
어질고 착하기만 하신 당신에게
세상은 온통 살 에이는 북풍뿐이었지요
그래도 당신 품에서 따뜻하게 자란 새끼들
두려웠나요 어렵게 어렵게 세상에 나가 살아가는

돌아와 건강하게 다시 설 새끼를 믿지 않았지요
당하기만 하시는 여린 마음이 더는 견딜 수 없었지요
오래전에 무너져 버린 술 취한 아버지의 존재는 끝이었고
당신은 쇠보다 얼음보다 더한 벽에 갇혀
멀리서 흔들리는 깃발, 그 검은 배만 그리셨나요
당신이 보듬고 피 흘리며 신음하던 이 방
빈 몸으로 돌아온 지금 나는 무엇인가
북방 산천 험로 협곡 홀로 헤매시는 혼이여
말하시라 살아나서 대쪽같이 말하시라
당신은 무엇이었는가 무엇이었는가
밖에는 눈이 내린다 펑펑 발목이 넘게 내린다
생자(生者)와 사자(死者)가 함께 듣는 이 눈
집이 없는 가난한 이들의 안타까운 한숨뿐인가
신의 축복으로 내리는 유쾌한 휴식의 몸짓인가
눈이 내린다 당신의 무덤가 어깨 위에도 눈이 내린다
산다는 것은 유채색도 무채색도 아닌
아무리 쳐다보아도 생각과 모양이 같을 수 없는
먼저 다 보아버린 이에게는 허허롭고 부질없는
철없는 눈발 하나 휘날림인가
돌아누운 혼이여 말하시라
추운 정월의 복판 텃밭 귀퉁이에
몰래 스며든 햇발은 그저 눈을 아리게 할 뿐
산 자의 고통스러운 신음만 울리는
당신이 없는 허허한 이 자리
어머니, 떠나고 싶습니다
가슴을 비틀고 쥐어짜는 석정리의 서러운 이야기가

살기가 어린 모진 시베리아 칼바람으로 몰아치는
그래도 봄이 오고 당신을 이어서 또 내가 꽃을 피우는
그런 계절을 아슴아슴 바라며
신의 수레를 따라 구르고 싶습니다
그것이 혹 절망의 길이라면 절망의 길로
그것이 혹 눈물의 길이라면 눈물의 길로
그것이 혹 당신의 길이라면 당신의 길로
그것이 혹 사랑의 길이라면 사랑의 길로
다만 보이는 길만을 따라 걷겠습니다
어머니, 구천지하에서 내 모습을 지키는 어머니
나는 무엇입니까 당신은 무엇입니까
전하는 말 한마디 없이 무심히 떠난 사랑했던 어머니
만나고 싶습니다 손목이며 입술이며 젖가슴이며
만지고 싶습니다 당신의 모습이라면 모두 모두를
신이 있고 당신의 영혼이 어딘가엔 있고
그곳이 이승이라면 이승에서 저승이라면 저승에서
반드시 만나겠습니다 그리고 껴안겠습니다
사랑하겠습니다 큰 절을 열 번이고 백 번이고 드리고
며느리가 차려 올릴 따뜻한 밥상을 같이 하셔야지요
귀엽고 예쁠 당신의 손자 손녀의 등을 다독이셔야지요
어머니, 당신이 떠난 석정리를
나 또한 당신의 혼적을 따라 떠나겠습니다
그리하여 어느 날 당신과 내가 만나
가슴 벅찬 기쁨으로 다시 돌아와
모자(母子)의 사랑을 영원히 나눌 石亭 石亭里여

- 1983.

사설 (I)

눈이 있고
입이 있고
사물의 가벼운 뒤척임까지 들을 수 있고
무엇이 옳고 무엇이 그른 것인가
무엇을 증오할 것인가
무엇을 사랑할 것인가
온몸으로 생각해 보았다
푸른 가을 하늘을 바라며
나는 무엇인가
왜 여기 이렇게 있는가
시공을 넘어 역사의 흐름 위에
서서 있어도 보았다

흰옷 백성 백두의 백성이기에
죽어서 흔적조차 이 땅이기에
가슴과 가슴을 꿰뚫고 흐르는
우리의 본성
기어이 백두의 민족이 가야 할 길들을
이번에는 기어코 타오르는 가슴속에서 끄집어내어
우직하게 착한 이 땅 백성
그들의 잠자는 더운 피에 불을 지를란다
가슴 벅찰 민족혁명에 도화선이 될란다

대륙 깊숙한 곳에서 발원하여
은나라 그 넓은 중원 천하
만주의 끝없는 광야
그리하여 풍광(風光) 수려한 한반도에
더러는 백해(百海)를 제압하여 일본 열도로 흐르고
대륙의 심장에서 대양의 처음까지
흔적을 남기지 않은 곳이 없었던
하늘같이 용맹하고
바다같이 심원했던
한민족

뒤돌아 헤아려 볼수록
지금 우리는 무엇인가
되놈 왜놈 코쟁이에게 번갈아 짓밟혀
웅크리고 웅크려
서로의 살을 물어뜯으며
혹 여기에 이르지 않았는지
나라마저 빼앗겨
본래부터 네놈들은 거지근성
본래부터 네놈들은 대청국 대일본국 신민(大淸國大日本國臣民)
쓰레기통에 장미가 피랴
이리 승냥이에 찢겨
울 안에서 사육되어
보리 쭉정이 씹어 알 빼주고
싸움닭 노릇이나 혹 하고 있는지
헤아려 볼수록

어둠이다
분노다
백두의 혼들의 깊은 잠이다

어찌 밝음만이
어둠만이 살아 있으랴
빛과 어둠이 뒤섞여 흐르는 것을
어둠이 깊을수록 새로운 빛은 더 강렬함을
깨어나 홀로 깊은 잠
어둠을 뿜어내는 귀기(鬼氣)스러운 고목을 본다
하늘을 본다
별을 본다
빛과 어둠은 신의 영역이 아니다
그들의 흐름은 사람 사람들

보라
이 깊은 밤 별들이 무수히 빛나고
제 몸을 태워 밤을 흐르는 유성
저 촘촘히 박혀있는 우리의 선각을 보라
그리하여 빛이 예정되었음을
순수가 이처럼 뜨거운 피를 토하는 것도
들여다볼수록 모질고 강건하게
억세고 끈기 있게 살아가는
민초(民草)의 생명력
그 뿌리의 오랜 기다림
보라

백두의 혼들이 수선수선 깨어나는 숨소리
한 겹 한 겹 어둠이 걷히며 오는
민주의 흐름을 보라
깊고 깊은 어둠 속에서 예정되었던
우리에게 밀물져 오는
흰옷의 빛나는 마음을 보라

지혜를 담고 흐르는 우리의 큰 강 작은 강
신의 마음으로 서 있는 백두 한라산
봄이면 어김없이 언 땅을 뚫고 나와
생명의 강인함을 자랑하는 들풀 들풀들
계절은 계절을 물어 한 치의 어김없이
신의 수레는 돌고 돈다

영원한 것은 시간이 아니다
물과 산과 들판과 바람과 구름과
그 속에 살아가는 생명
하나가 또 하나를 위해 비켜나며
그들을 잇는 도도한 흐름
생명을 가진 것들의 치열한 싸움
인간의 시공에서 폭발하는 빛이다.

모든 것의 처음은 작고 여리게
사랑도 증오도
그 처음은 미세한 입김이다
서로가 서로를 쳐다보아라

당신들의 여린 마음
당신 속의 뜨거운 피
당신의 싱싱한 숨소리
당신의 팔딱거리는 심장을
짚어라

우리가 해야 할 일은
거창한 혁명도 구호도
아니다
서로의 본성의 회복이다
흰옷의 빛나는 마음으로
돌아가는 일이다
행여 억눌림에 찌들지는 않았는지
행여 권력의 시녀가 되지는 않았는지
우리의 역사성의 회복이다
지금 우리는 어디에 있는가
지금 우리는 무엇인가
당신은 누구인가
정확히 소름 끼치도록 정확히 보고
깨어나는 일이다
흰옷의 형제여 친구여 이웃이여
중원을 질타하고 백해(百海)를 제압하던
혼이여 일어나라

적은 누구인가
내 속의 적은 무엇인가

외부의 적은 누구인가
적정(敵政)은 어떠한가
그들의 근원은 무엇인가
눈 부릅뜨고 보자

현대사는 말한다
"해방 후 민족의 정기가 혼탁하게 된 것은 민족을 팔아
먹은 친일파를 거세하지 못한 것이 지금의 혼란의 근본
원인이다."
친일한 이들이 어떤 족속이고
지금 어떻게 변신해 있는가
황국신민 어쩌고 내선일체 어쩌고
침 튀기며 찬(讚) 학도입대 찬 대동아공영(大東亞共榮)
소리소리 지르던 정치 모리배들
글 쓰고 그림 그린 이들이
지금도 정치일선에서 문단에서 화단에서
어떤 꼬락서니로 있는가
똑똑히 보라
대일본군 소좌 중좌 그 기회주의자 군바리들이
어떻게 다시 대한민국 국군이 되고
그들이 해 처먹었던 일들이 무엇인가
일본군 간에 붙었던 이들이
미군의 쓸개에 붙어
무엇을 했던가 무엇을 했던가
순사 나리들 개들 더 설쳐대던 보조원 아저씨들
그들이 대한민국 경찰이 되어 무엇을 했던가

다시금 권력에 붙어 기생하는 모습들을
일본군 군수물자 대던 그 하수인들
지금 서울 복판을 차지하고 무엇을 하는가
매점매석 독과점에 큰 손 작은 손
무엇을 해 처먹고 저렇게 비대해져
투기 투기 투기 바람 타고
민초의 알맹이를 야금야금 파내 먹는가
여름이면 와이키키 해변에서 발리의 모래밭에서
금발머리 메기의 엉덩이에 푹 빠져
시바스리갈 조니워커를 쪽쪽 빨며
열사(熱砂)의 노동판에서 봉제공장에서
야근 특근하며
한 땀 한 땀 쌓아 올린 우리의 알맹이를
흩뿌리고 다니는가 또 어떤 술수로
힘없고 빽 없는 민초를 울리는가

악의 흐름은 한때 호화로워 보이나
민초의 피와 눈물과 분노가 배어 있어
환락의 뒤뜰에는 응보의 처절함뿐

보이지 않는 곳에서도 흐르는
도도한 백두의 혼은
그 불씨는 이제 알았다
태워야 할 것은 무엇이고
새롭게 태어나야 할 것은 무엇인가

분명히 말한다
민초의 향기로운 흐름이 밀물져온다
거역할 수 없는 뜻 혹은 신(神)
심판의 날이 가까워질수록 더욱 어둠이다
심판의 그날에는 용서의 신이 아니다
침을 뱉을 것에는 침을 뱉고
돌을 던질 것에는 돌을 던지고
눈이 어두우면 눈을 빼고
입이 더러우면 혀를 자르고
목숨을 뺏을 것은 목숨을 뺏는
준엄한 신이다
민초의 생명력이 왕성해질수록
귀기(鬼氣)스러운 어둠을 뿜어내는 고목들은
하나하나 쓰러져 분해된다
기름기 가득한 것들 분해될수록
민초의 뿌리는 더욱 튼튼해진다
거름 밭이 올라 무성하게 자라난다

역사는 곧 싸움이었다
들여다보면 볼수록
그 흐름의 오묘한 섭리
나는 보았다
힘과 힘
그 팽팽한 긴장감에서 오는
순간 모든 것이 극명해지고
튼튼한 뿌리만 견디어

꺾이어도 짓밟혀도
기어이 다시 일어서는
민초의 위대한 투혼

이제는 이제는 싸움의 시간이다
잠자는 피를 깨워서
"민주주의는 피를 먹고 자라는 꽃이다."
어둠의 무리 악의 깊은 뿌리를
피로 씻어내는 일이다
과감히 베어야 한다
우리의 희망
우리의 꿈
민초의 풍요로운 피어남을 위해
이제는 이제는 용서하지 말아라

혁명은 때로 혼란스러워
폭력이 정신을 잡아 삼킨다
허나 허나 보아라
백두 정령들의 타오름을
그 강렬함에
온갖 잡것들이 깨끗이 사라지고
그리하여 은은하게 피어나는
KOREA 청자의 맑은 눈동자를
열 번 백 번 깨뜨려 본 도공만이 안다
흠간 것도 설익은 것도 넘어선 것도
수백 수천 번 부숴야 한다

그中 오직
혼이 깃든 생명을 위해

나의 언어도 나의 부모도 형제도 이웃도
내가 보는 하늘도 땅도 집도 들도
지금은 죽은 새우로 엎드려있는
그나마 절반이 잘린 몸뚱아리
아등바등한다고
세상이 바뀌는 것이 아닐지 몰라
다시 보면
현미경의 공간에도 생명이 일고
아름다움이 있다

백두민족 그대로의 질서
혹은 밀도
따뜻한 마음의 교감
번개같이
불꽃같이
깃털같이
얼음같이
봄볕같이
그리하여 정말 아름다운 세계가
한 굽이를 돌아서면
백두의 혼들이 이룰 혁명의 아침
우리의 가슴속에 넘쳐 흐르는 약동
민초가 만개하는 순간의 고요

- 1985.

빈 잔

비어있다

잔 속에 잔이
마음 속에 마음이
눈물 속에 눈물이

맹물을 따르다
오늘,
그대 모습 흩어지고
잔을 들다

빈 나는 빈 너와 빈 잔에 빈 술을 따르고
빈 애기와 빈 사랑에 취해
빈 눈물과 빈 가슴으로
허우적거리며
빈 집으로 돌아오다

너와 나의 중간에서 곡예하는
헤아릴수록 차오르는 허무여

그래,
온 것처럼
가야지

아침이슬

밤을 흐르는 별 맑은 소리

밤의 내밀한 고통을 어르는 어둠

밤 내 풀잎이 앓아온 노래

그 아침 모습 훤히 보듬은 눈물방울 하나

산

산은 누운 여인의 젖무덤으로 흘러내려 들판을 적시고
아이로 자라 다시 그 위로 기어오른다

싸움 (I)

- 싸움은 시작되고, 불개미

돌에 맞아 죽었다
쓰러지는 시체에 눌려 죽었다
발광해대는 발자국에 밟혀 죽었다
머리가 깨져 허리가 부러져 짓이겨져
신(神)을 잃고 가슴까지 잃어버린 것들이
쏘는 날카로운 화살에 죽었다
불개미가 죽었다

불개미가 불개미 떼로 몰려온다
밀려드는 불개미에게
불을 던진다 물을 던진다
회색의 무리는 시늉하듯 피하기도 한다
수만 수억의 불개미가 몰려오는 것은
저 굶주림에 지쳐 독기 오른 피의 행렬을
밟으면 밟을수록 푸르게 자라나는 들풀들을
당신의 뱃가죽에 흐르는 비곗덩어리의 허망한 욕망을
당신의 총구와 워커에 배인 피와 눈물의 분노를

불개미야 불개미야
이제는 용서하지 말아라
가슴을 밟고 머리끝까지 기어올라라
기어오른다 수많은 불개미의 죽음과 더불어
비곗덩어리는 엉덩이가 연하지
배고픔에 서러운 불개미야
지난겨울 죽어간 어미와 아비의 모진 추위와 굶주림을
잊지 말아라

수많은 불개미가 죽어가면서
더 많은 식구의 겨울을 생각하며
수만 수억의 불개미가 죽어가면서

그것은 불개미였다
불개미가 한 마리 죽었다
불개미가 불개미 떼로 몰려온다
죽음, 또 하나
더 많은 식구의 겨울을 생각하며

- 1978. 7.

떠남에

이제
떠나려 한다

스물하나의 탑을 허물기 위해
침묵하는 일상의 고통을 위해
온몸으로 불탈 혁명을 위해

가만 네 눈에 머문다

이것이
이것이
눈물이구나

가슴 가득히
칼을 세우고
칼을 세우고

이름을 부를 수 없는 여인이여

이름을 부를 수 없는 여인이여
오직 하나의 꿈만을 위해
몸 아련히 비벼대는 그리움에도
차마 차마
가슴앓이 병자처럼 가슴앓이 병자처럼
이름을 부를 수 없는 여인이여
다만 확실히 알고 있는 건
이처럼 시를 쓰는 것이 얼마나 무의미한가
이처럼 온밤 머뭇머뭇거리며
가슴 깊숙이 심장에서 토해내는
선홍(鮮紅)빛 젊은 피에 피어나는 붉은 장미 한 송이와
둘러선 어둠의 내밀한 고통을
이름을 부를 수 없는 여인이여
내가 하는 이 피 몸부림은
그 어느 꿈속 그대의 모습만으로도
돌이 휘날리고 바람이 쌓여있는 강변에서
가슴을 뚫고 흐르는 강물의 사랑을 알기 때문이다
이름을 부를 수 없는 여인이여
나를 가눌 수 없는 여인이여

눈이 내린다

눈이 내린다
눈은 내린다
회한과 슬픔으로 그윽한 거리에
눈이 내린다
물상(物象)의 환희로 차분한 마음에
눈이 내린다
천 년의 전설을 일깨우며
눈이 내린다
하늘나라
눈 나라
설광(雪光)
여인
사랑
마시고 싶다
눈에 취하여
사랑하고 싶다
눈이 있는 밤
약속하고 싶다
눈이 내린다
내 마음 깊은 곳에서도
나를 위하여
너를 위하여
취해 사는 기쁨으로

눈이 내린다
텃밭 감나무 어깨 위에도
쌓이고
추운 보리 싹 위에도
돌 위에도
대나무 잎새 위에도
집이 없는 새의 날개 위에도
눈이 내린다
하느님은 눈을 주셔서
평등(平等)을 주셨지만
창문을 열고 눈발을 세어가며
서러운 이들을 생각한다
집이 없는 자
따뜻한 죽음이 없는 자
사랑이 없는 자
슬퍼하는 자
하늘에서는 눈만 내린다
세계는
기쁨으로
슬픔으로
눈을 내린다
깨끗해진 땅
부드러워진 마음

포근해진 하늘
눈은 길을 없애고
새로운 하늘을 만들고
추운 우리의 저녁에게도
상심한 가슴 위에도
아!
하느님의 뜻
눈이 내린다
눈은 내린다
사랑하는 여인의 가슴 속으로
눈이 내린다

시간

초침으로부터 튀어나온 시간이

선(線)으로 풀려 나와서

옷이 되어

사유(思惟)가 그 옷을 입고

세상천지를 거리낌 없이 횡행했다

계절은 계절을 물고 흘러 흘러

사유도 병들고 시들어서

장롱 속으로 들어가

일년삼백육십오일

서서 있었다

화단의 화초가 봄 단장으로 몹시도 수선대던 날

존재가 장롱을 열었을 때

옷은 닳아 없어지고

사유는 공간 속으로 들어가서

금(金)인 영원이 되었다

가을을 위하여

이제는 생각을 하자
푸른 가을 하늘을 바라며 이제는
바람이 머뭇거리는 강으로 나가
가슴 한가운데를 꿰뚫는 사는 이와 죽은 이
나는 누구인가 나는 무엇인가
나는 어디에 있고 어디로 갈 것인가
산자락을 베어 물고 무심히 흘러가는 뒷모양을
귀 대어 보자 저 멀리 근원에서 솟아나서
울려오는 가냘픈 숨소리, 다시 태양 가득한
금빛 고기떼의 찬연한 모습을
가만 멈추어 서서 바람을 만지며
오늘도 새롭게 흔들리는 강변의 갈대 더미
온몸으로 묻고 답하는 저 서러운 육언(肉言)을
이제는 가슴에 보듬고 생각을 하자
범할 수 없는 생명의 끝 선에서 우리는
그 서러운 말 한마디를 새겨듣자
미치도록 슬픈 가을 하늘 한 자락의 푸름과
향기로운 들판에서 열매 맺는 농군의 부지런한 손등에도
다시금 존재를 묻는 플라타너스 큰 손바닥에도
가을의 얼굴이 요목요목 배어있다
이제는 생각을 하자, 우리는
송호리 땅끝에도 매서운 칼날 눈발과 함께 겨울이 오고
그 불면의 긴 밤을 이길 때까지
서러워하지 못하는 이는 서러울 때까지

뽈 칼

- 돈키호테

백주(白晝)에

밤 내 홀로 지키며 갈아온 단 하나

천하대장군

지하여장군

칼을 들고 거리로 나선다

풍차는 돌아가고 칼은 부서지고

거리마다 행인들의 웃음소리

손에는 뽈 칼

오!

온몸 낭만주의

뽈 칼을 들고 거리를 훔친다

누이

변두리공단시내버스정류소언저리슬픈풍경으로피어오
르는누이

방직공장푸른다우다사복의행렬위노오란월급봉투

이방지대쓸쓸한포도의방황홀로지키는자취방

노교수의녹슬은노우트만큼무게를지닌사회학강의

일세기전침을튀기며꾸며낸실가면성사회정의론(實假面性社
會正義論)

소리 (I)

공중에 거미가 집을 짓고 있습니다

어부는 닻을 내리고,

하늘에다 온종일 곧은 낚시를 드리웠습니다

시간이 얇아져 풍경으로 섰습니다

백 년 지나 소리 하나 걸려들어

매어둔 바람이 가볍게 흔들리고 있습니다

열두 시

I

나는 열두 시가 되면 눈을 뜬다
마지막 종소리가 가라앉으면
삼십 촉의 전등은 빛을 발하여 어둠을 갉아먹고
부스스 부스스 일어선다
노가다로 녹은 김 씨도 종일 땅을 파던 이 씨도
깊은 잠을 삼키고 있다
나는 불안스럽게 새로운 날을 열며 성급한 기지개를 켠다
어둠 저편에서 서성이는 흔들바람은
다가와 전신을 휘저어 다시 어둠으로 들어가고
도처에서 수선거리며 횡행하던 위험은
공중을 거닐다가 안심한 듯 내려오고
어둠과 협잡하여 들끓는 음모는
제 세상인 듯 꼬리를 치며
잠에 취한 소시민의 귓바퀴를 야금야금 핥으며
내 식구의 언저리 여기저기로 기어들고
30년이나 가슴을 앓고 있는 할미를
가난하고 애잔한 어부를 삼키는
광폭한 바다가 되고 있다
그 폭풍이 새롭게 새롭게 일고 있다

Ⅱ

금빛 제복의 신사는
등골 쳐 나온 골수를 달디단 듯 삼키고
옛 친구는 닷 냥의 돈 푼으로
고목이 가라앉듯 가라앉고
리(里)사무소에서 국회의원 금박 박힌 보자기로 온 올해도
지록위마(指鹿爲馬)의 우화는 실행될 것인가
미아리 고개에서 호흡기 장애를 일으키고
두 달 전 마무리된 도로에서 내려앉은 구멍은
아비 차를 삼켜 식구를 부상시킴을
한강 백사장 모래 웅덩이에서 익사한 동생을
추석 전날 서울역 광장에서 밟혀 죽은 할아비를
피혁공장 기숙사에서 불타 죽은 누이를
그냥 꿀꺽 삼켜버린다 아무 일 없었던 듯이
충혈된 눈은 충혈된 채로
월남을 다녀와 중동을 다녀와 앙상한 알코올 중독자
자형을
몰래 산부인과에서 조카를 긁어내는 누이를
울지도 못하고 바라보고 있다 말하지도 못하고
30년이나 가슴을 앓고 있는 할미는
오늘도 피 멍든 대동강 철다리에 두고 온 핏덩어리를
보듬고 울고
홍콩제 손걸이로 일본제 입술걸이로
손목 발목 채워 잡혀간 영화배우는
새끼가 새끼를 쏘는 총에

밝지 않는 한쪽 반달을 껴안고 죽었다
할미의 새끼가 맞아 죽었다

III

나는 열두 시가 되면
눈을 부릅뜨고 귀를 고정시켜
중상과 모략과 음흉한 탐욕을 듣고
피할 수 없는 운명의 위협을 보고
병원으로 실려만 가는 죄 없는 내 식구를
가슴앓이 할미를 바라보고 있다
2만5천 원을 받는 방직공장 여공도
3만 원을 받는 국졸 때기 시다 내 형도
셋방살이 미장이 아저씨도
이 밤은 모두 깊은 잠을 자고 있다
곤히 잔다
음모의 소리는 계속되고
서러운 곳 서러운 함성은
두 평도 못 되는 내 방에 가득하여
싸울 줄도 반항할 줄도 모르는 저 억머구리 울음소리
음모는 계속해서 내게 접근하고 있다
온몸에 불을 붙이며 입술을 깨물어
엄습하는 공포를 쫓고 있다
가슴 가득 날카로운 칼을 세우고
올바른 바램으로 진실을 찾고
파란 하늘에 부릅뜬 땅바닥에 부끄러움 없을

나를 찾고 있다
심장이 터져 피가 솟도록
사랑하는 모든 것에
가슴을 밀착시키고 있다
눈물겨운 싸움을 독전하고 있다
나는 불안스레 새로운 날을 열며
깊은 잠을 자는 피곤한 내 식구에게
전신을 분해하는 아픔으로
스미고 있다 스미고 있다

함정 혹은 늪

친구의 편지를 기다렸지만 오지 않는다

말하지 아니하면서
나는 너를 욕하고
너는 나를 욕하고

금빛 찬란한 갑옷의 아이는
먼저 보고 먼저 말하고 먼저
먼저 먹고 먼저 오르고 먼저

먼저 생각하고 먼저 죽는다

죽지 않음으로 멈추지 않고
어쩔 수 없는 초침
움직임으로 하여
저 산산이 찢어진 공간 파문

신이여 놓아 주소서
세상 천지 바람은
그 하나 바람으로

죽지 않음으로 살아가는
함정 혹은 늪
당신의 일상

춥다

춥다

남극도 북극도 아닌

더군다나 겨울도 아닌

여기는

사람과 사람의 사이

네온사인 휘황한 도회의 중심 거리

춥다

으스스 춥다

육신

60kg의 바퀴벌레가 기어간다

2m도 못 되는 하늘은 영사막이 되어 낡은 필름이 돌고
흉측한 바람이 천을 찢으며 펄럭인다

손은 발을 말하고 귀는 눈을 말하고 입은 코를 말하고
흰 뼈들이 부딪쳐 희멀건 소리가 흩어진다

맨살이 보이고 맨살 그 속에서 따뜻한 피가 흐드러지게
웃는다

울음이 흥건히 고여 있는 참으로 환한 고통이 눈을 뜨
고 고깃덩어리를 파리 한 놈이 열심히 스멀거린다

  별을 보고 사는 것은 육신의 지극히 당연한 거짓이다

손

하느님은 탑을 쌓을 수 있는 손을 주셨지만, 탑을 허물
수 있는 손도 주셨다

말을 잃어버렸다

말을 잃어버렸다
가슴이 없는 기계음이
저 시끄러운 괴물은 모든 것을 외면하게 하고
내 골의 고랑 진 주름살에 고름이 들게 하고
썩어 내린다 내 몸은 미끈한데
낯바닥은 현대판 카우보이도 할 판인데
계속해서 골통은 흐물흐물거리고
확실한 저 소음은 흡수되어
이제는 잃어버렸던 말이 되살아나서
하는 모든 냄새마다 음침한 정신병동에
흘러내리는 정신착란
나는 말을 찾았다고
불붙은 도회의 지하 홀에서
춤을 추며 노래를 한다
저 광란의 몸짓

대밭

으스름 그믐 달빛을 도둑맞고 있었다

움츠렸던 쌀가지가 기어 나와 씨암탉 모가지를 물어뜯
고 있었다

호롱불은 밤 내 흙벽을 어룽지다가 가물거리며 대밭으
로 스며들고 있었다

수탉이 홰를 치고 살그머니 물동을 인 누이는 새벽을
밟고 있었다

낮이 되어 한 속의 바람이 베틀에 묶인 어미의 가르마
를 가르고 풀 한 짐을 부려놓은 아비의 등짝을 스쳐서
댓잎과 얼우고 있었다

나는 두리번거리며 체에 걸린 쌀가지를 잡아내고 있었다

여인에게

간혹 가다가
너의 둘레를 털고 일어서서
취한 몸짓으로 붓을 들어
모델의 가슴팍을 눈어림으로 세어가며
모델이 여자라면 눈을 더욱 크게 하고
몸뚱이를 정확히 그려라
문득 몸이 더워지거든
네 얼굴을 거울에 비추어보아라
거울에만 보이는 얼굴이라면
백지로 얼굴을 가리고
다시 모델을 쳐다보고
모델이 남자라면 그리지 말고
여자라면 그림을 서둘러라
모델의 삯으로 너의 모든 것을 주더라도
문득 손에 반지가 없고 목걸이가 없고 귀걸이가 없어
오랜만에 전신을 느낄 것이다
오직 너만을 안고
오랜만에 전신을 느낄 것이다
날마다 결혼을 해서 종이 되는 여자여
간혹 가다가 어렵더라도 이런 일이
너를 몰래 들여다보는 기쁨일 것이다

눈

하늘에서
와!
당산나무
목덜미
가슴 언저리
무형의 몸짓
아가
이야기 이야기
앙탈하는 바람
숨죽이고
무희의
멈춘 율동으로
살금살금
귀 기울이네
먼 설국
하늘나라가
이 가지 저 가지에 내려앉아
온종일
3일 낮과 밤
눈 나라
하늘나라

사랑하는 법

꽃을 보고
팟대선 남근을 보고
시청미화요원 리어카를 보고
농부의 유월 땡볕에 노동을 보고
유혈 낭자한 두 권투선수 게임을 보고
누이의 얄팍한 노란 월급봉투 돈을 세고
다섯 마리 우리 집 소 눈깔을 보고
할미의 주름진 해수 소리를 듣고
아비의 저녁잠 잃은 소리를 듣고
YWCA 동계대학 강의를 듣고
두건 쓴 동학 패거리에 섞여
이 진사 김 참봉 감찰사 곡식 창고를 털고
선거를 하고 유세를 하고
긴급조치 위반 수번을 달고
천 길 낭떠러지 끝 소나무로 서고
박제된 한국산 호랑이 울음을 울고
바다를 보고 파도를 보고
어물전 고기가 되고
바람이 되고 폭풍이 되고
강물이 되고

물을 따라 들리는
강나루에 소용돌이치는 총성을 보고
되돌아오는 처절한 비명을 듣고
얼음을 보고
반달을 보고
38선, 피 냄새 배인 쇠붙이를 보고
대밭 옹기그릇 처용을 보고
보릿고개 누렁이
하늘을 보고
어렵고 서럽게 만나서
울고 있느니 듣고 있느니 만지고 있느니 보고 있느니
온몸으로 부대끼고 있느니

산사(山寺)의 밤

혼자이어서 좋다

스치고 있을 뿐
아무도 스스로를 드러내지 않는다

산사에 밤이 들면
산에서 밀려온 어둠은
말없이 승복 자락에 엉켜 벽에 걸린다

홀로 중얼거리던 촛불이 문답을 끝내면
졸음에 겨운 어둠은 벽에서 내려와서
밤을 새운 객승(客僧)을 앙탈하듯
산새들을 흔들어 깨워놓고
다시 산으로 돌아간다

아침이면 산사는
제 색을 찾는다

존재에 고(告)함

Ⅰ

사랑을 포기한다

존재의 동굴에 허무의 등을 밝히고 있다

Ⅱ

식칼을 쥐고 춤을 춘다

벅찬 밀도는 그 연소로 하여 칼은 존재의 장막을 가르고
어지럽게 율동하며 심장을 찌른다

Ⅲ

숨을 멈추고 다시 춤을 춘다

묻는다, 되돌아 멈춘 얼굴이

지금 몇 시 되었습니까?

존재에 고(告)함

사진첩을 열면서

사진첩을 열면서 시를 생각한다
초등학교, 그보다 어릴 때
공원층계에 내린 엄마의 파라솔 그늘
수양버들 끝 가지로 쏘아 올린 수수깡 화살
지금, 비어있는 가슴으로 떨어진다
우리는 정말 이러했을까
저렇게 신랑, 신부이었을까
저것이 알몸 내 백일이었을까
유자 향기 그윽한 회상으로 밀물져 오는 할아버지
나를 업어 키웠다는 갑애 누나
때로 우리는 근엄하게 얼굴을 모았다
수줍은 미소가 번지는 짝꿍 계집아이
그 애는 어디서 무엇을 하고 있을까
십 년 이십 년 그리고 여러 십 년
사진첩은 또 어떻게 될까
지금 쓰고 있는 시도 저렇게 천연스럽게 남아있을까
사진첩을 열면서 시를 생각한다
사물의 부드럽고 다정한 혼들을
내 모양이 훤히 비치는 시를 쓰고 있는가
말의 차고 딱딱한 껍질을 벗기어
알몸 튼튼한 내 백일을 찍어 내는가
뼛속 깊숙이 박혀있는 알짜의 말들을 찍어 내는가

평일, 때로 엄숙한 생활 속의 축일
전신에 배어있는 슬픔과 기쁨을
여기 이렇게 가끔씩
가만히 웃으며 들여다보는 부끄러움
누가 이것을 거짓이라 말할 수 있을까
누가 이것을 허허롭다고 말할 수 있을까
다도해 뱃전에 서서 지켜본
섬들 사이사이로 찬찬(燦燦)히 내려앉는 일몰
삼등 선실 밑바닥에 흔들리는 육신을
가슴 가득 알짜의 말들을 찍어야 한다
지금, 공중에 말들이 수선거린다
찍어 내자 찍어 내자 사실 그대로
이렇게 사진첩을 뒤척이면서 시를 생각한다
언제나 다시 살아나 내 곁에 다정히 서는 시를 생각한다

비

밤 깊도록 비가 내린다
너와 내가 마주한 소주 코너 유리창을 넘어서
비는
잔을 들 때마다 보다 확실히 넘쳐서
열한 시에서 열두 시로 지나는 시간은
홍건히 젖어든다
귓바퀴를 야금야금 핥으며 기어든
비
혼자가 아닌 더불어 내리는 비
매운탕 냄비에 대자로 자빠진 숭어가 펄떡이고
아짐씨 행주 자락에도 뚝뚝 비가 내린다
혼자가 아닌 더불어 내리는
비

소리 (Ⅱ)

어릴 적 개울가 깨어놓은 진흙더미에도
뒷산 김가네 비석이 우뚝 선 무덤가 잔디에도
그 초등학교 넓은 운동장, 다리 걸어 넘던 철봉대에도
교실 뒤편 게시판에 나붙은 엄마와 아빠의 얼굴에도
지워지지 않고 남아 있어서
삭혀지지 않고 남아 있어서
조카의 입학식에도 부끄럽고 앳된 미소로 있었다
힘차게 달리고 소리치던 청군과 백군과 순이도 있었다
시립도서관 책갈피에 묻은 손때에도
강의실에 옹기종기 모인 잉크가 번진 책상에도 남아있
어서
멀리서 나풀거리며 뛰어오는 그녀의 좁은 어깨에도
별들 밝은 밤이면 더욱 뚜렷이 남아있어서
꿈속에서도 환히 보인다
그 슈바빙과 몽마르뜨르 거리 가난한 예술가의 주머니
에도
미친 채로 남아 있어서
왕대포잔 입술마다 사랑을 떠올리는 취해 사는 시인에
게도
사그라지지 않고 살아 있다 살아 있다

욕망이 부른다

죽음 가장 가까이 서서
빨강 깃발 하나가 번쩍인다

손도 얼굴도 가슴도 온통
비린내 나는
붉디붉은 피로 흐르는
강을 두고
햇빛 엄청난 언덕에서는
늑대가 숨통을 물어뜯는다

죽음은 친절하다
향기롭다
참 유쾌한 장난이다

피라미 한 마리를 장미 가시로 찌르고
보면
팔딱거린다 자세히는
용머리의 딸꾹질이 멈추지 않아서

알거라만
생명은 안다
final 5분이 아니더라도
질 줄도 이길 줄도

원숭아!

어느 시인의 무덤에서

I

여러분 여러분 여러분 여러분
남녘의 햇살은 따스합니다
아직은 3月 초(初)
제법 깔깔한 바람은 술기운을 깨우고
나는 성냥을 그어대며
담배에 불을 붙입니다
여러분 여러분 여러분 여러분
그는 죽었습니다
지금 부어주는 이 막걸리 한 잔도
누군가 갖다 놓은 빨간 장미의 향기도
뿌듯한 담배 한 대도
그는 모릅니다
여러분 여러분 여러분 여러분
그는 스스로 죽었습니다
농약을 먹고 대학병원 응급실에서
친구와 늙은 어머니가 지켜보는 자리에서
"어머니, 땅이 보여요"
여러분 여러분 여러분 여러분

Ⅱ

여러분 여러분 여러분 여러분
밤을 시작하는 서녘에 별 하나가 지고 있습니다
아침을 알리는 동녘에 별 하나가 스러집니다
그러나 별이 지는 것은 니힐(nihil)일 뿐입니다
여러분 여러분 여러분 여러분

Ⅲ

여러분 여러분 여러분 여러분
삶을 미치도록 사랑한다고
너무나 사랑하기에 때론 분노한다고요
나는 해남 물감자산 무지렁이다
나는 전봉준 피 아린 전라도 황토다
나는 더 이상 참을 수 없는 가난이다
나는 천형의 살 썩는 문둥이다
그는 온몸으로 절규했어요
여러분 여러분 여러분 여러분
사랑하는 것이 때로는 서럽다고요
몇 푼의 고료로 술을 마시며 분노했어요
늘 어머니를 부르며 일상의 거짓에 몸을 가누지 못하고
칼을 들고 부르르 부르르 달려갔습니다

여러분 여러분 여러분 여러분
그는 늘 칼을 품고 살았어요
내가 일상의 고달픔에 관해 이야기할 때
그는 늘 칼의 날카로움과 저녁마다 우는
칼의 울음을 들려주었습니다
허나 허나 그는 칼의 울음을 가누지 못하고
통곡하며 스스로 죽임을 당했습니다
여러분 여러분 여러분 여러분
칼을 보십시오 칼을 보십시오
그의 무덤에 울고 서서
이토록 우리의 가슴을 찌르는
삶의 가장 깨끗한 통곡 소리를 들어보십시오
그는 살고 싶어했어요
어머니를 부르며 아내의 손목을 잡고
그는 말했어요
나의 분노는 죽거나 사라지지 않고
눈에서 눈으로 활활 타오르고
가장 삶을 사랑하는 이들의
준엄한 가슴에서 더욱 빛나고
허나 허나 절망하면
모두에게서 사그라지는
여러분 여러분 여러분 여러분

허무를 사랑한다

허무를 사랑한다
허무로울 수 있는 모든 공간을 사랑하다
안으로 눈물콧물 흐르는 씁쓸한 맥주에 풍기는
실어(失語)의 회색 석고는 안다
죽지 않음으로 살아가는
햇볕 귀찮은 하오의 슬픔이
너는 너고 기어이 나는 나일 공포에
운명의 장난스러운 혁명의 허무
비로 내리는 달콤한 허무를 사랑한다

귀가(歸家)

가슴으로도 가슴으로도 주체할 수 없어
온몸 비틀거리며 돌아온다
떠날 수는 더욱이 없는 거기에
다시금 돌아온다
견디어낼 수 없는
내 몸 야금야금 핥아오는 더러운 입술도
돌아가야 하기에
눈물을 삼키며 껄끄럽게라도 웃어야 하는지
식구! 서럽게 우는
몸을 수색당하고 겁탈당하고 가진 모든 것을
가슴마저 팔아넘긴 이제 울 수도 없다
마지막 신을 부르는 모양으로
비틀거리며 비틀거리며 돌아온다

메주

검정치마를 입은 곰보 아줌마의 해장국물에
산간리 아그들의 못생긴 얼굴이 비치고
열둘이나 되는 흥부 새끼들의 추운 겨울
누비이불 해진 사이로 보타진 할미의 가슴을 후비는
막내의 부르터 갈라진 손등을 본다
새암골 세 마지기 논배미에 올망졸망 얽매어
윗목 아랫목에 고물대는 한 세대(世代)
시렁 줄줄이 메주가 뜨고
어머니는 긴 겨울밤을 베틀 소리로 밝혔다
눈이 내리면 그저 좋아서 앞산 뒷산을 뛰어다니다가
호롱불이 토담 벽에 어룽대는 이불 속에 모여들어
옛날 옛날 먹 대밭에 호랑이가 살았는디
그믐달이 뜨자 댓잎 소리 바람에 휘이휘이
이야기가 깊어지면 졸음이 슬금슬금 밀려왔다
가난뿐이었으랴 슬픔뿐이었으랴
꿈같은 세월이 술잔에 어리어
지나간 것이면 모두 다 그립다
장을 담그는 어머니는 그 위에 숯과 고추도 함께 띄웠지
장맛이 깊어야 집안이 흥한다며
당신 가슴에 맺힌 가난도 함께 풀었다
두부모에 나란히 앉은 장종지를 바라며
눈시울 붉혀지는 그래도 정다웠던 어린 시절을 본다
내일은 일판을 찾아서 하동포구로 떠나야지

꽃아

어스름한 어둠에 휩싸여
저마다의 아름다움을 간직한
힘줄 굉장한 염통을 가진 꽃아
수선수선 일어서서 거리낌 없이 드러낸
환한 알몸들
태어남이 저리도 좋아
저마다의 속살을 드러낸 채
미소 짓는다 미소 짓는다
핏줄 환히 보이는 염통을 가진 꽃아
그림자 없는 꽃그늘에 서서
알몸이기에 알몸을 들여다보는
네 눈초리에 몸을 가눌 수 없다
맨살이 되는 않는 것이
이리도 부끄럽단 말인가
알몸만으로 문질러대는 진한 뜨거움이
두 평의 내 방에 혼란을 일으킴은
심장 약한 가슴 때문일까
힘줄 굉장한 염통을 가진 꽃아
나는
왜 옷을 벗는 것을 두려워하는가
왜 알몸으로 너에게 가는 것을
이리도 독한 술을 마시고
불안해 하는가 서러운 자여

선명히 붉은 피를 가진 내 염통이
피를 뿜고 있는데
꽃이 되고 있는데

제3부

눈

살얼음 살포르르 눈 내리는 미끄럼
바람 자국 눈 자국
스친 대지 위에
두꺼워만 간다, 아직도

내 마음 조그만 창을 열어
칼바람 비켜 세우는
산자락 어느 모퉁이
산토끼의 놀램을 듣는다
굴뚝에서 연기가 솟아오르듯
가만가만
눈 내리는 소리 소리-
눈 내리는 몸짓 몸짓-
산토끼의 놀램을 듣는다

종각의 흐름도
마을지기 개의 여운도
그친
허름한 보름달이 기울어지는
뒤

내 마음 깊숙이
고요를 본다
고요를 본다

- 1974.

얼음 위

석굴암 에밀레종 고려자기에서 보지 못한 벽화를 보았다
수정처럼 고운 빙판 위에서
한 쌍의 봉황 목련 장미 국화 신비한 천사의 날개
위대한 조물주의 창조물을 돌이켜 헤아려 보려는 듯이
곱게 곱게 피어올랐다
신비경에 헤매며 그려 본 갖가지의 갖가지 형상들
아직도 아직도-
한낮이 되면 녹아 스러져버릴
한갓 물 위에
일생을 두고 보아도 못다 볼 예술품
신비하기 그지없다

- 1974.

날개

토담집 어느 뜨락
한줄기 밝은 대롱이 이끄는 곳

스락스락
댓잎 소리 몰고 온
메마른 바람이 밀려드는
흙냄새 풍기는
곳

찌들은 유월의 태양도
멈춘
정적의 시간

쉬파리 검은 아가의 콧속으로
가느다란 율조 스며들고
피터-팬의 마차 소리 들린다

날아서 간 그곳
낫질 바쁜 어머니의 품
젖 빨며
가만히 목도 만져보고
입 맞추는 기쁨

날개 있는 아가와 칭얼거려도 보고
알 수 없는 가락에 말려들어
춤도 춰본다

떨어지는 무서움에
어둠도 보고
슬픔도 안
응아 하고 눈을 뜬
아가의 머리에
쉬파리 나는 소리 울린다

- 1975.

외할아버지

- 雲浦 楊在鴻* -

수염 자락 인자하신
유자 향기 물이 든
품

팔자(八字)로 된 기침
따뜻한 호통

조선이 그립다고
하이얀 화선지에
검은 눈물 흘리시어

- - - - - - - - - - -

해는 울 너머에서 피었다

- 1975.

---

* 운포 양재홍(雲浦 楊在鴻): 전남 화순 출신으로 광복회 전남지단장으로 활약. 전라도 지역 군자금을 모집 중 일경에 체포되어 12년형을 선고받고 옥고 치름. 해방 한 해 전 1944년 옥고로 순국하심. 건국훈장 애국장 추서.

청자

물소리 청아한
계곡의 묵은 내음

골안개와 창공을
헹구어 담근

비취빛 활짝 열치면
취하는 기쁨이여!

- 1975.

길쌈

허름히 노출되어
눈부신 허벅지

한 시름 두 시름
흩늘어진 사이에서

꼼꼼히 가는 삶 잇는
뜨락마루 아낙네

- 1975.

실마리

풀어져 버릴 것에

하루는 화를 내고

사나흘쯤 누워 있다가

결국

웃음만 남을

풀어져버릴 것에

- 1975.

빛과 어둠

- 하느님이 빛과 어둠을 나누사

옛날 어느 옛날에
신이 사는 이웃 마을
빛이라는 총각이
어둠이라는 처녀를
몹시도 사모했었네
옛날 아주 옛날에
구름으로 지은 집에 바람과 살던
어둠 아가씨
건넛마을 빛 청년을
애태워 사랑했었네

빛은 날마다 어둠을 찾았지만
찾지 못하고
일년삼백육십오일
그리워 방황했었네
어둠은 빛은 바라보았지만
가지 못하고
기다림으로 신의 수레는 돌고 돌았네

그러던 어느 날
이들의 슬픈 사랑을 보신 하느님은
장막을 치고
한쪽에 빛 한쪽엔 어둠을 불러들여
그들의 결혼을 주선하셨네

그래서 그 날부터
어둠이 있는 곳엔 언제나
빛을 보내셨네
빛이 있는 곳엔
어둠도 꼭 함께 있었네

지금도 세상천지엔
빛과 어둠이 결혼을 해서
빛은 어둠 속으로
어둠은 빛 속으로
스미고 있네
스미고 있네

- 1975.

어머니 날 낳을 때

어머니 날 낳을 때

미역국 먹으셨다 하더라

열 달 배 불리어

남은 한 달 동안

할머니 밥 지으시고

남은 며칠 동안

어머니 우시었고

남은 몇 시간 동안

이브의 고통을 받으셨다 하더라

- 1976.

황톳길

부황난 얼굴 위로 한 사내가 걸어간다

뒤틀린 넥타이가 목을 조르는 비 뿌리는 황톳길을

구두짝 밑으로 달라붙은 생활사(生活史)

대밭 뒤뜰 깨어져 피 아린 옹기그릇이 사내를 담았다

- 1976.

넋두리

시계탑 위에 머문 시간이 무너져 내린다

불도저가 무허가 사내를 밀고 있다

산자락 보신탕집 앞에서 개가 똥을 핥고 있다

허름한 얼굴이 짓이겨 밟힌다

천막촌 우리 집은 식구가 열이다

안경을 벗어버리면 각이 없어지고 안개가 오른다

누구는 산동네를 여백 처리한다고 했다

한 벙어리와 장님이 그 속으로 들어간다

옷을 갈아입어도 땀 냄새가 가시질 않는다

오! 어둠에 녹아드는 내 식구

- 1977.

목련

사랑하였으므로 사랑하였으므로
몸통의 움직임으로도 가눌 수 없는
사월
가슴 가르는 젖 줄기를 틀어
사랑을 위해 사랑을 위해
목련이여
선구자여
밤에 일어나 빛이 되며
아침과 함께하는
선구자여
하늘은
순교자의 하얀 넋에
다시금 태양을 주며
청사(靑絲)의 숨결을 내린다

- 1977.

봄날 귀로

차에 있는 풍경은
감회와 환희와 향긋한 맛과 신선한 맛의 음식을 뿜어낸다

집으로 가는 화창한 봄날이면
도처에서 꽃 지짐 향기롭고
장을 담그는 내음이
어머니의 품을 휘어서 난다

메주와 소금과 숯을 띄운다
숯은 장독 가득히 빛깔을 주며
독(毒)을 삼킨다

어머니,
허리를 펴시며 수숫대 울타리
아지랑이 피어오르고
먼 곳에서 기적이 와 멈춤에
눈을 주신다

내린 나는
커졌다 작아지는 소리를 털며
"엄마! 다녀왔습니다."

- 1977.

불

아담과 이브의 자손
나는 아프게 로마를 태운다

전쟁에 승리하기 위해서도
사랑하는 여인을 위해서도
네로처럼 한 줄의 시를 쓰기 위해서도
아니다

어떤 분이 이야기해주셨다
모든 걸 태우고 나면
근원으로부터 바람이 불어와
하늘은 다시 비를 내리어
꽃피워 열매 맺게 하고는
또 하나의 불씨를 내릴 것이다라는

들판에는 꽃을 피우기 위한 몸부림
피 터져 다듬어 내린 정과 망치
아름다운 메아리를 그려준 분
불씨를 내게 전해주고
마지막 기름 한 방울까지 소각했던

그때부터 잠을 잘 수 있는 시간이 여러 번 있은 후
왜 해는 떠올랐다 지는가를
왜 아프게 탄 것이 열매 맺게 되는가를
메아리의 환희를
알게 되었다

나는 노래 부르리라
그 억겁의 세월을 생각하며
나는 불에 던져질 것이지만
모든 것은 뜻대로 되어가는 것이지만
아침마다 찬란하게 떠오른 해의 의미를
찬송하리라

아담과 이브의 자손
나는 아프게 로마를 태운다

- 1977.

육성(肉聲)

보는 것이 고통스러울 때는

차라리 눈을 감자

그래도 피눈물이 나올 때에는

세상은 그게 아니라고 그럴 순 없다고

내 커다란 육성을

가슴 속 창자 속으로부터 토(吐)해내자

목이 쉬어 터지면

낯빛을 고치고

마지막 남은 웃음을 풀자

- 1977.

강물

많은 여운을 남겨둔 채
때로는 속살을 비벼서
어느 하루를 나르는 바람이거나 구름이거나
환하게 쳐다만 보고 가는
해가 흐르는 마지막 순간에도
커다란 눈망울로 바라보다가
백 리쯤 늘어진 하루로
층층이 밀려나는 낯바닥을 찾아간다
덜미를 동네 어귀로 내어
추운 겨울 뛰어놀아 옷이나 태우는 개구쟁이의
초등학교 자연 시간 둥근 플라스크에서 뿜어나는
선명한 기분이거나
들린 우레와 천둥에도
기억을 감추진 못했다
보았다는 것들이
또 하나의 물거품으로 지우지만
기뻐하는 것에나 슬퍼하는 것에도
흥미를 잃은 지 이미 오래다
하루의 갈증에
강바닥에 쌓인 모래알을
어느 아라비아 사막에 삼키어다 내뱉고는
대상이 알 수 없는 오아시스로 솟아내고
하루살이의 시체를 띄우는

흐르지 않는 것들의 아우성에도
하루로 흘러
남겨두고 떠나는
환하게 쳐다보는
또 하루가 밀려간다

- 1977.

호수

키를 넘지 않은 갈대가
드문드문 천 년을 지키는 노송 사이로 비켜서는 언덕배
기에
옷깃을 스치는 한 가닥의 바람
이른 아침에 오는 기침
호수는 잘게 나누어진 파문을 섞는다

햇살은 남은 기운을 풀고
조용히 떠오르는 얼굴을 풀고
잔바람을 풀어
헤살 짓는다

서러운 한 하늘
해와 달이 서려있다

해의 그림자가 스치어 눕고
달이 흔들리며
나무로 섰던 하나가
길을 나선다
돌아오는 얼굴이 보인다

- 1977.

먼지와 바람과 우연

공중을 흘러다니던 먼지 하나가
지학책을 보는 내게로 와서
어느 날 우연히 널려진 태양계를 보는
우주가 되어
가벼운 바람에 날아 가버렸다

바람이 일어난 후면
자욱하게 사방으로 흩어져
먼바다 깊은 해면에 잠기는 것
많은 세월 쌓여왔던 더미들일지라도
더운 피 기쁨을 가져온 것일지라도
이국 하늘 허무한 구름이 되는 것

헤어나기 어려운 공중에 있다가
천지가 고요한 날
투명한 강물을 따라 멈춰 흐르다가
전에 있던 바람을 멍하게 쳐다보면
허무라는 오랏줄에 묶여
온몸 부대껴도 소용이 없어
담담히 뿜어내는 담배 연기를 바랄 뿐이다

어느 날 우연히 일어나는 바람에
죽어간다 하더라도
생각하는 것들이 그림자일지라도
가슴보다 얼굴에만 머물러
잃어버리고 사는 사람들일지라도
먼지를 대해
허무한 날이 오는 것을 두려워하지 말고
꽃을 사랑하여 꽃씨를 아끼는
날마다
화단을 되돌아보며 기르는 마음으로
우연을 사랑하여
그 바람을 기다릴 일이다

- 1977.

뻐꾸기

뻐꾸기가 운다
사립문에서 엿가락처럼 휘어진 바람은
추근대는 유월 땡볕을 녹아내린다
스락스락 뒤뜰 댓잎이 그림자를 드리운다
보리알은 여물어
은갯골 긴 봄은 아물어가고
누렁이도 제 살을 찾는다
빛살처럼 내려와
앞산과 우리 내 초가집을 가른다
뻐어꾹 뻐꾹 뻐어꾹 뻐꾹

- 1977.

성모님께

누구든지 사랑하는 열린 마음
노래하며 춤추는 원시의 신앙
또 하나의 꽃이 벙긋하는 소리
잔잔한 미소를 접해 우러나는 기쁨

이 아름다운 것들을
불행에 슬퍼하거나 대접받지 못한 사람과
악의 유혹에 괴로움을 당하는 사람들에게
미소와 당신의 따뜻한 품을 주시고
내게는 먼발치에서 당신을 볼 수 있게 하십시오

전쟁을 하는 것을 슬퍼하는 것도
미워해야 하는 것을 사랑하는 것도
버림받고 가난한 이들과 고통을 함께하는 것도
숭엄한 진리에 겸손해하는 것도
모두 당신의 뜻입니다

당신의 모형을 통하여
피 흘리심도
파티마에 발현하심도
당신은 우리 어머니였기 때문입니다

당신의 진정한 아들은
웃고 뛰놀며 노래하며 춤추고
힘써 공부하며
힘써 모두를 사랑할 것입니다

당신의 품으로부터 꽃들이 피고
벌판과 우리들 가슴속에서
부지런히 자라는 소리가 들리는 화창한 오월이면
우리는 노래할 것입니다

성모의 성월이여 가장 좋은 시절
가장 좋은 곳으로 성전을 모시고

그리고
당신의 뜻대로 모두를 사랑할 것입니다
모두를 사랑할 것입니다

- 1976. 5.

後記

왜 나는 시를 쓰기 시작했던가! 글쎄, 잘 모르겠다. 확실히 꼭 쓰고 싶은 말들이 나의 일상 곳곳에 있었다. 기뻐하거나, 슬퍼하거나, 분노하거나, 절망에 빠지거나, 나의 비겁을 발견하고 온통 부끄럽거나, 혁명가적 용기가 솟아오르거나, 인간의 추함을 발견하거나, 따뜻함을 느끼거나, 모진 겨울의 칼바람이 몰아쳐 코끝에 눈물이 핑 돌 때나, 부모님이 돌아가셨을 때, 친한 친구의 장례식에서, 산길을 걷다가, 술집에서, 영화관에서, 시장에서, 남해 바다에서, 데모를 하다가, 싸움을 하다가, 미인을 만나거나, 결혼식장에서, 술잔을 나누거나, 하늘을 보거나, 가을이거나, 눈이 내릴 때, 우연한 사고를 당함을 목격했을 때, 책을 읽거나 TV를 보다가도~ 살아있는 모든 상황과 마주쳤을 때 나는 시를 문득문득 생각했다. 그러나 그저 그렇게 많은 것들은 그냥 지나가 버렸지만 그중에서도 강도가 깊었던 것들은 이렇게 어설픈 시로서 남아있다.

나는 구체적인 문학수업을 받지 않았으며 사실 받고 싶은 욕심도 없었다. 시는 그저 좋았고 쓰는 것보

다도 남의 시를 읽는 것이 더 좋았다. 시를 읽고 쓰기 시작한 것이 中 三 때였으니까 꽤 많은 시간이 흘렀다. 사실 직장을 다니고 나서는 어느 순간부터는 먹고 살기 바빠 의식적으로 시를 접고 살았는데, 오십이 넘어 어느 날 갑자기 내 몸 어딘가에 내재되어있던 시들이 쓰지 않고는 못 견딜 정도로 절실하게 나에게 다시 찾아왔다. 이때부터 쓰여진 시가 제1부(2011년-2018년)이다. 대학을 입학하고부터 직장 첫해까지 쓴 것이 제2부(1978년-1985년)이고, 고등학교 이전에 쓴 것들이 제3부(1974년-1977년)이다. 지금 읽어보면 버려야 할 것들 대부분이지만 유치함이 느껴지는 것조차 나에게 소중한 기억임에 이렇게 부끄러움을 무릅쓰고 모아 보았다.

삶의 어떤 순간들의 노래. 자기에게서 꽉 차올라 넘치지 않고는 못 배겨서 쓴 시, 그런 시들을 만났을 때 나도 함께 차오르고 극치의 순간을 맞으며 더불어 넘침을 느낀다. 한 편이라도 그런 흉내를 낼 수 있다면 시에 대한 보람이겠으며 삶에 대한 나름대로의 보람이겠다. 시를 쓰는 일 결국 남에게 읽히기 위해서가 아닐까? 우선 나의 가족, 친구, 동료, 이웃들에게 지극히 개인적인 별볼일 없고 어쭙잖은 말들이지만 진심을 담아 전하고 싶다.